方群 著

方群截句

截句詩系 08

25

臺灣詩學 25 週年 一路吹鼓吹

【總序】
與時俱進・和弦共振
——臺灣詩學季刊社成立25周年

蕭蕭

　　華文新詩創業一百年（1917-2017），臺灣詩學季刊社參與其中最新最近的二十五年（1992-2017），這二十五年正是書寫工具由硬筆書寫全面轉為鍵盤敲打，傳播工具由紙本轉為電子媒體的時代，3C產品日新月異，推陳出新，心、口、手之間的距離可能省略或跳過其中一小節，傳布的速度快捷，細緻的程度則減弱許多。有趣的是，本社有兩位同仁分別從創作與研究追蹤這個時期的寫作遺跡，其一白靈（莊祖煌，1951-）出版了兩冊詩集《五行詩及其手稿》（秀威資訊，2010）、《詩二十首及其檔案》（秀威資訊，

方^群截句

2013），以自己的詩作增刪見證了這種從手稿到檔案的書寫變遷。其二解昆樺（1977-）則從《葉維廉〔三十年詩〕手稿中詩語濾淨美學》（2014）、《追和與延異：楊牧〈形影神〉手稿與陶淵明〈形影神〉間互文詩學研究》（2015）到《臺灣現代詩手稿學研究方法論建構》（2016）的三個研究計畫，試圖為這一代詩人留存的（可能也是最後的）手稿，建立詩學體系。換言之，臺灣詩學季刊社從創立到2017的這二十五年，適逢華文新詩結束象徵主義、現代主義、超現實主義的流派爭辯之後，在後現代與後殖民的夾縫中掙扎、在手寫與電腦輸出的激盪間擺盪，詩社發展的歷史軌跡與時代脈動息息關扣。

臺灣詩學季刊社最早發行的詩雜誌稱為《臺灣詩學季刊》，從1992年12月到2002年12月的整十年期間，發行四十期（主編分別為：白靈、蕭蕭，各五年），前兩期以「大陸的臺灣詩學」為專題，探討中國學者對臺灣詩作的隔閡與誤讀，尋求不同地區對華文新詩的可能溝通渠道，從此每期都擬設不同的專題，收集

專文，呈現各方相異的意見，藉以存異求同，即使
2003年以後改版為《臺灣詩學學刊》（主編分別為：
鄭慧如、唐捐、方群，各五年）亦然。即使是2003年
蘇紹連所闢設的「臺灣詩學・吹鼓吹詩論壇」網站
（http://www.taiwanpoetry.com/phpbb3/），在2005年
9月同時擇優發行紙本雜誌《臺灣詩學・吹鼓吹詩論
壇》（主要負責人是蘇紹連、葉子鳥、陳政彥、Rose
Sky），仍然以計畫編輯、規畫專題為編輯方針，如
語言混搭、詩與歌、小詩、無意象派、截句、論詩
詩、論述詩等，其目的不在引領詩壇風騷，而是在嘗
試拓寬新詩寫作的可能航向，識與不識、贊同與不贊
同，都可以藉由此一平臺發抒見聞。臺灣詩學季刊社
二十五年來的三份雜誌，先是《臺灣詩學季刊》、後
為《臺灣詩學學刊》、旁出《臺灣詩學・吹鼓吹詩論
壇》，雖性質微異，但開啟話頭的功能，一直是臺灣
詩壇受矚目的對象，論如此，詩如此，活動亦如此。

　　臺灣詩壇出版的詩刊，通常採綜合式編輯，以詩
作發表為其大宗，評論與訊息為輔，臺灣詩學季刊社

則發行評論與創作分行的兩種雜誌，一是單純論文規格的學術型雜誌《臺灣詩學學刊》（前身為《臺灣詩學季刊》），一年二期，是目前非學術機構（大學之外）出版而能通過THCI期刊審核的詩學雜誌，全誌只刊登匿名審核通過之論，感謝臺灣社會養得起這本純論文詩學雜誌；另一是網路發表與紙本出版二路並行的《臺灣詩學‧吹鼓吹詩論壇》，就外觀上看，此誌與一般詩刊無異，但紙本與網路結合的路線，詩作與現實結合的號召力，突發奇想卻又能引起話題議論的專題構想，卻已走出臺灣詩刊特立獨行之道。

臺灣詩學季刊社這種二路並行的做法，其實也表現在日常舉辦的詩活動上，近十年來，對於創立已六十周年、五十周年的「創世紀詩社」、「笠詩社」適時舉辦慶祝活動，肯定詩社長年的努力與貢獻；對於八十歲、九十歲高壽的詩人，邀集大學高校召開學術研討會，出版研究專書，肯定他們在詩藝上的成就。林于弘、楊宗翰、解昆樺、李翠瑛等同仁在此著力尤深。臺灣詩學季刊社另一個努力的方向則是獎掖

青年學子，具體作為可以分為五個面向，一是籌設網站，廣開言路，設計各種不同類型的創作區塊，滿足年輕心靈的創造需求；二是設立創作與評論競賽獎金，年年輪項頒贈；三是與秀威出版社合作，自2009年開始編輯「吹鼓吹詩人叢書」出版，平均一年出版四冊，九年來已出版三十六冊年輕人的詩集；四是興辦「吹鼓吹詩雅集」，號召年輕人寫詩、評詩，相互鼓舞、相互刺激，北部、中部、南部逐步進行；五是結合年輕詩社如「野薑花」，共同舉辦詩展、詩演、詩劇、詩舞等活動，引起社會文青注視。蘇紹連、白靈、葉子鳥、李桂媚、靈歌、葉莎，在這方面費心出力，貢獻良多。

臺灣詩學季刊社最初籌組時僅有八位同仁，二十五年來徵召志同道合的朋友、研究有成的學者、國外詩歌同好，目前已有三十六位同仁。近年來由白靈協同其他友社推展小詩運動，頗有小成，2017年則以「截句」為主軸，鼓吹四行以內小詩，年底將有十幾位同仁（向明、蕭蕭、白靈、靈歌、葉莎、尹玲、黃里、方

群、王羅蜜多、雲朵、阿海、周忍星、卡夫）出版《截句》專集，並從「facebook詩論壇」網站裡成千上萬的截句中選出《臺灣詩學截句選》，邀請卡夫從不同的角度撰寫《截句選讀》；另由李瑞騰主持規畫詩評論及史料整理，發行專書，蘇紹連則一秉初衷，主編「吹鼓吹詩人叢書」四冊（周忍星：《洞穴裡的小獸》、柯彥瑩：《記得我曾經存在過》、連展毅：《幽默笑話集》、諾爾・若爾：《半空的椅子》），持續鼓勵後進。累計今年同仁作品出版的冊數，呼應著詩社成立的年數，是的，我們一直在新詩的路上。

檢討這二十五年來的努力，臺灣詩學季刊社同仁入社後變動極少，大多數一直堅持在新詩這條路上「與時俱進・和弦共振」，那弦，彈奏著永恆的詩歌。未來，我們將擴大力量，聯合新加坡、泰國、馬來西亞、菲律賓、越南、緬甸、汶萊、大陸華文新詩界，為華文新詩第二個一百年投入更多的心血。

2017年8月寫於臺北市

【自序】
在我們並肩的路上

方群

　　若非白靈老師再三催促，這本詩集的面世恐怕
遙遙無期。配合《臺灣詩學》二十五週年社慶，以及
「截句」運動的推廣，這次整理二〇〇七～二〇一六
年間，行數在四行以內的創作，從中擇取七十五首，
總為一書。這不但是對創作生涯的小小回顧，也期待
能與諸多同好相互切磋琢磨。

　　短詩和組詩一直是我寫作的主力，這一方面來自
個人對形式設定的偏好，另一方面也導源創作時的思
想核心。詩本就是簡潔精鍊的文字藝術，在內容安排
如此，在組織結構亦然，取材角度或許各有所愛，但

聚焦目光不容毫釐偏差。掌握文字是寫詩的基本功，以小詩和組詩檢視，更是無所遁形，詩人若不能於此略展所長，則侈言高遠不啻是海市蜃樓。

詩集原想命為《新語》，除了對「新詩語言」百年歷史的祝賀，也有效仿《世說新語》的微言大義，但為體例齊一，只得作罷。詩作內容共分：飲食、交通、遊歷、言語、生靈、物品、病痛及日常等八輯，除少部份修改與勘誤之外，大致保留發表時的原貌。

這本詩集雖是超出預期的意外收穫，但也是十年心血的淬鍊結晶，期盼詩友同好不吝賜教，更希望能在創作的漫漫長路上，能有愈來愈多的偕行者，繼續為新詩的未來吟詠歌頌。

目 次

輯二｜交通第二

輯三｜遊歷第三

輯四｜言語第四

輯五｜生靈第五

輯六 ┃ 物品第六

輯七｜病痛第七

輯八｜日常第八

飲食第一

咖啡四帖

之一

在唇吻間，告解

氤氳的人事假象，品嘗

瀰漫的酸苦情仇

之二

像一顆流浪的方糖

在黝黑的容顏

釋放甜美

之三

我的坦白

是澀後回甘的

青春雀斑

之四

旋轉的舞姿

沒有掌聲，喚醒

纏綿後的空虛胃腸

午茶三帖

伯爵茶

不知從何處世襲爵位

氳氲的香氣

仍盤據整座飯店的午後

蘋果派

過度甜美的巧妙交融

依偎著眼光

橫行浪漫的黏膩餐桌

礦泉水

最昂貴的清白身世
烙印飄洋過海的舶來尊嚴
不容質疑

晚餐四式

蒸蛋

隨性凝固的生命
是另一種柔軟的堅強

泡菜

長期發酵的辛酸，適合
佐歲月下飯

炒飯

翻來覆去的意識攪拌
調合南來北往的流浪胃腸

紅茶

鬱悶之後的免費想像，依然
苦澀如過往

滷味八種

豬腸

容易牽掛的
是荷包羞澀的臉孔

甜不辣

各種滋味的綜合召喚
以海的心意擁抱

豆干

來自社會的底層尊嚴
鋪陳歲月的堆疊

海帶

難以眷戀的典藏
帶不走思念的層次波浪

貢丸

習慣滾動的姿態
反彈齟齬的壓力釋放

水晶餃

接近透明的偽裝
隱藏坦承的暴露情感

豬血糕

用流洩的思想凝固
沒有天明的陰霾

酸菜

纏繞味蕾的蠕動刺激
慾望，在口腔迴響……

小吃四種
──兼致詩人

臭豆腐

過度發酵的詩人

雖然變質　卻有

自虐的享受滋味

大腸麵線

點綴的是你最期待的

至於沾附口舌的黏稠語言

總會有個　了斷

炸雞排

在莫名高溫的油鍋翻滾
一片片金黃酥脆的意象
灼燒晦澀的味蕾

珍珠奶茶

穿越冷熱的邂逅張力
是滾動歲月撞擊的
重生隱喻

水果四寫

檸檬

安安靜靜的

酸

彷如歲月殘念

葡萄

可能發酵的戀情

暗地裡

用青春醞釀

木瓜

那些年輕殘留的青澀
是中和惆悵的
回甘

香蕉

想像一種島嶼的弧度
陽光沐浴的身軀
是福爾摩莎的姿態與芬芳

肉包

一

關於慾望，可以
切割陳列，可以
加熱烹煮

二

所有低溫的冰封隱藏
以漂白的血肉搥打
以漂泊的標價販售

方群截句

三

不死的毛皮交疊著……
流行的頻道，在鼻端
奔竄無暇的展示櫥窗

筍

一

破土而出的堅挺英姿
矗立著──
威而剛的原始慾望

二

一股竄升的衝動
被掃描的銳利眼光
攔腰，折斷

方群截句

三

褪去層層的迷彩偽裝
我埋藏多年的夢幻綺想
再次泡湯

味覺五種

酸

可以融化一切的，不是
憤怒

甜

說不出口的，醞釀
愛的結晶

苦

寶寶不說，只是
在臉書彆扭

鹹

偏高的血壓，擺動
海的樣子

辣

紅通通，是自己
嘗不出的味道

麻辣燙

麻

太過親密的
肉體接觸
容易失去知覺

辣

燃燒著，妳
坦率的顏色，我
斷裂的神經連結

燙

不過是這樣的溫度而已

沒啥好

火

爐具三種

微波爐

沒有火

也可以感動

那種等待溫存的態度

電磁爐

親密的裸裎接觸

你冰冷的世界

轉瞬沸騰

瓦斯爐

願有多大，能量就有多大
我的心
為你烹煮整個宇宙

方群截句

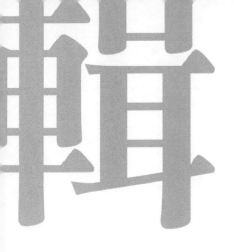

交通第二

運輸五寫

捷運

來來，在我孤單的心裡
去去，在妳繁忙的眼底

高鐵

轉瞬消失的風聲
恫嚇妳我未及追趕的偶然相逢

臺鐵

這唯一的小站將為妳停留

那怕　空空　蕩蕩

渡輪

只是為了想像而懷念

那一段我們相擁且緩慢的歲月

飛機

到一個很遠很遠很遠的地方去，我笑著

味蕾裡，沒有思念調味。

速度三寫

高鐵

用速度追逐，那些
消失的哩數

用歲月沉澱，那些
消失的容顏

捷運

看不見的公共血管
流向每一個細胞的渴望

一大群細胞的吶喊
流向四面八方的私人血管

纜車

緩緩地轉折與爬升
那些日益增值的夢想

隨風搖曳的車廂
凝視人世循環的假象

方群截句

偕行六則

之一　同車

你的方向，停駐
車票瞭望的模糊輪廓

我的未來，隱藏
窗外相擁的離別戀人

之二　一夜

在愛與不愛的困惑
反覆，醒來。

之三　早餐

容易喚醒的飢餓，也
容易充填飽滿的錯覺

之四　午寐

暫時休止的節奏
沉陷慾望漂浮的海綿

之五　咖啡

不自覺濃縮的喜樂
點點溶解哀傷的夜色

之六　背影

說好不回頭的座標
在縱橫碰撞的闖蕩中
定位永恆

高鐵三寫

睡覺

間隔著妳的夢鄉的我的夢鄉

有些興奮

有些哀傷

吃飯

總是存在著飢餓

在南來北往的奔波之前

　　　　　忙碌之後

閱讀

在兩側倒退的光影間隙

隨意瀏覽

腦海不停閃現的終站

軌道

208往玉里的自強號

蟄伏濃妝搖滾的車廂
回眸中
穿過雨水綿密的哀傷

651往瑞穗的莒光號

揉雜山與水愛戀
孕育豐收
在一座異名建構的村落

4675往鳳林的普快車

鏽蝕的歲月

行過

鐵道佝僂的回聲

4163往志學的區間車

擦拭你堅定的眼眶

綿延的瀏海

親吻泥土沉睡的芬芳

223往臺北的普悠瑪

在站與站的呼喚

妳大步跨越

不停靠的思念

公路三首

隧道

生命會在下一個出口
醒來

高架橋

被刻意抬高的夢想
總得面對不平坦的現實

交流道

上下　敏感的四肢
穿梭　複雜的筋絡

關於公車的五種想法

一

這是我們習慣的站牌，該來的
總是遲遲不來

二

應該空著的座位，只剩下
老弱婦孺

三

過與不及的抉擇
是你我尷尬的距離

四

等待或者被等待
都是同樣的抱怨與無奈

五

車外的人望穿秋水

車裡的人望斷天涯……

移動三首

跑

來不及著地的瞬間
飛躍過往

跳

蹦起的高度
總得超越現實的想像

行

就這樣左走右走

也可以

海事三題

錨

拋下不願離開的眷戀

在潮來潮往的訕笑中

擁抱那不穩定的愛恨飄移

舵

開啟想像的眼眶

攤開一幅潛意識的藏寶圖

在沉默的陌生洋流，搜尋……

帆

周而復始的追逐風的眼神
延伸的距離，丈量著
你吐納情仇的無盡呼吸

遊歷第三

小站四寫

龜山

蟄伏　吐納

在波濤中昂首

迎向第一道養生陽光

福隆

不見首尾

在來往商旅的面容

幻化風雨

三貂嶺

用脣齒間流轉
西班牙式的
浪漫風情

猴硐

黝黑的歷史悄悄行過
滿街慵懶　　如你
幽雅的漫步

臺東三帖

鹿野高臺

所有的瞭望

寄生於斷裂斜坡

只為片刻失控的

情緒俯衝

利吉惡地

過於貧瘠的思念

無法孕育

經常往來穿梭的
花草蜂蝶

水往上流

幻想一段不存在的邂逅
難以抗拒的
妳
終究隨波逐流

高雄四帖

西子灣

斜躺
以最美的姿勢

柴山

留下青春
點燃未來奔竄的火

楠梓

深陷的慾望
填滿歲月的零件

小港

把山推開
展翅飛向吶喊的海

故宮四帖

肉形石

難以下嚥的美味
只能凝視
無法咀嚼

翠玉白菜

渾然天成的青白
是你天命的象徵
　我終生的許諾

毛公鼎

沉睡於雕刻的胎記
隱匿一身斑駁肌理
滿城風雨的興衰起落，凝結……

清明上河圖

捲藏的都城就這樣一路向西鋪展過去
季節的零頭總是微雨
夜夜笙歌的夢鄉與現實迴盪交纏

上海速寫

虹橋火車站

來不及許願的高鐵
頻頻刺穿城市亢奮的動脈

外灘

把夜色收割，裝飾
路過行人的五彩瞳仁

陸家嘴

齒列不正的小夥子
仰頭長出滿口參差的獠牙

豫園

走進時間曲折的長廊
戰火曾經如生煎滾燙

人民廣場

來來往往交錯的臉孔
是一片徜徉的綠

懸浮列車

沒有腳踏實地的矜持，可以
更快速抵達

浦東國際機場

起飛與降落的跑道，延伸
離開或者回家的簡單瞭望

香江漫行七首

沙田

有風吹過
城門河流淌的波光

彷彿是一片可以航行的陸地
耕耘模糊的思念

車公廟

歷史的傳奇演義
說成一段仍在旋轉的現代故事

香烟縹緲的神殿裡
風車喃喃攪動閃亮的陽光

馬鞍山

跨過海的眼睛，你會看見
曾經瞭望的眼眸風霜

行過餘暉沾染的小徑
夜色總會嘀咕些鼻腔的漫長

大埔墟

鳴笛的列車緩緩進站
叫賣村莊擁擠的黎明

廟宇前的等待相互交錯
我睡醒你遺失的叮噹年代

深水埗

搖擺著海的韻律
穿梭異域的街市風情

添加好運的幾點邂逅
氤氳一座城市的朦朧

銅鑼灣

當駛過的鐘聲喚起天火
燃燒的煙頭已在暗巷沉默

總是會敲打一些臆想外的情節
在假裝面海的期待窗口

西營盤

沿著傾斜的街道盡情宣洩
縱橫過往的傾頹鄉音

鑲嵌海味的古老建築
曝曬一串串風乾的心事

方群截句

言語第四

聆聽
——2012南京先鋒書店詩歌節

之一

就用這樣的語言朗誦你

停泊思念，或者

打亮一盞愛戀的光

之二

咀嚼年少的夢想

乾枯且消瘦的四月

仰望成熟

之三

把節奏貼在空氣的邊緣

某種，心動的方式

某種，方式的心動

之四

當幕升起的時候

如果有風流過

沉睡的繆思也將吟詠春光

言語二式

謠言

不該被相信的纏綿口水
真的，不必
假裝，真的

謊話

不假思索
彷彿未經修飾的完美句型
總是甜美如妳

言語四品

一

說不出口的，不像

話

二

如果有話，就隨意

貼上

三

說完了一切，還是

沒有回聲

四

風颳過的脣吻

不談也罷

非典型溝通

手語

漫天撒下的動作

搬演人生種種的

圖象與音符

脣語

彷彿不存在的隱藏顫動

以雙脣游移

用心眼接收

心電感應

悄悄關閉那些遲鈍的翻譯軟體

想說的與想做的

我知道你也知道

三了賦

思念老了

不是假裝想不起來，就是
在看似平靜的溫和腦海
有一列隱形的艦隊，莫名沉沒……

記憶淡了

再次搜尋遺忘的殘存檔案
只剩下模糊的背影，向遠方
淡出靈魂邊框

甜蜜苦了

多年發酵之後

逾期腐壞的美好承諾

總是滿布黴菌的無力顫抖

雙關六題

早點

應該順手拿來吃，還是
趕快行動？

生氣

好好的說是活力
狠狠的說是怒氣

馬上

比起你遲鈍的回眸
果然快些

碰

撞擊之後
竟是功成名就的等待

開心

如果是手術，肯定
相當難過

難過

這道無法逾越的關卡
想想，就好⋯⋯

盲聾啞

盲

失去了靈魂

這扇窗

又何必開啟？

聾

耳朵裡

那些貴族的傳說歌聲

不曾有過　共鳴……

啞

奮力說出的
也許只是一團
沉溺模糊的喉音

成語二首

之一　居心〇〇

你無法蠡測
我悄悄思念的刻度

之二　三心〇〇

咱們仨，果然
只有是非兩種想法

生肖成語填空

投鼠〇〇

考慮太多，後果

只能對自己發火

九牛〇〇

關於價格的誤讀

確實與成本不符

虎頭〇〇

這麼草率的結果

不免，令人落寞

狡兔〇〇

你認真打你的房

我隨意置我的產

飛龍〇〇

只是回家而已
何必如此訝異

蛇鼠〇〇

如此隨意雜處
果真生死難卜

汗馬○○

縱然沒有拚命流血
至少奔波不曾停歇

羊入○○

不再回頭埋怨
這是我的奉獻

沐猴○○

戴上禮儀方帽
誰敢對我嘲笑

雞飛○○

我的翱翔，為何
是你遠離的悲傷

狗急○○

面對生死關口

轉頭立刻就走

豬狗○○

既然已經墊底

那就沒啥好比

方群截句

生靈第五

風雨夜過紫藤廬戲贈諸君子

管管

真的——
不想再理你了
來來往往的大小雜事，總是
令人操心

黃粱

難以蠡測的酒精濃度
在愛恨醞釀的發酵蒸餾之後
黃粱的確比高粱醇厚

黑芽

看不見的種子
　　　　　悄悄
　　　冒出頭
　　　　　來

鴻鴻

展開任意翱翔的翅膀
想像的國度
沒有到不了的距離

臥夫（WOLF）三唱

之一　首都機場尋臥夫

在太陽昇起與落下的地方
我們無言的直覺
來回錯身

之二　與臥夫堵車於三環

一段壅塞的漫長思路
層層，纏繞
整座過於現代的古老軀體

之三　別後贈臥夫

在意象奔馳的後現代草原

你銳利的眼神

習於等待與獵食

註：臥夫，詩人，本名張輝，生於黑龍江，於2014年4月
　　25日，選擇以自己的方式離開人間，享年51歲。

心肝／寶貝

心肝

重要的不是名字
是存在的　位置

寶貝

穿梭　潮間帶的生態
尋覓個人的認同價值

組合屋速寫

前妻

只剩下暗夜離去的軌跡

在我作廢的記憶卡

暫存

養子

不太完整的想像複印

五官如此

個性如此

好友

所有尚未蒐集齊全的幸福
全在你家
零售或者批發

外配

如何買賣神蹟
那些激昂比劃的言語
是上帝也無法理解的祕密

蛇

之一

沿著深秋他蜿蜒而來
選擇沉睡或者繼續徘徊
對女人的誘惑始終無法抗拒
對男人的抱怨總是難以釋懷

之二

沒有腳的思維
適合連結意象
容易象徵慾望

之三

如果你不曾凝視
關於存在與否的真相辯證
所有遠處或身邊的冷熱頻率
你，無法聆聽……

龜殼花

龜

長壽也好，罵人
也好，有個能帶走的
家
是可以睥睨的驕傲

殼

自己的最好，借來的
也行，抱著

就可以日夜嘲笑
那些四處裸奔的流浪軟體

花

漂亮當然是沒話說
養兒育女前的絕美綻放
歌詠豔麗
纏繞芬芳

化石三首

三葉蟲

如此均衡分布
爬行的時代
以蠕動主宰

始祖鳥

那樣笨拙的飛行
像寫詩般
沒有規矩的想像

鸚鵡螺

──什麼都沒有說

迴旋再迴旋

如生命的交疊仿造

平凡三寫

仙人掌

這樣的多刺與生俱來
淬煉歲月的磨難
無關獨裁

候鳥

不必遵守人類的規矩
來的時候來
該離開的時候，離開

蚯蚓

在生命安息的寬廣土地

耕耘未來

從不見天日的黝暗，學習等待……

三界

神

這麼準確的未來
是不能反悔的承諾

鬼

害怕或不害怕的　原因
存在或不存在的　可能

人

難以分類的廉價生物

比神愚蠢　比鬼殘忍

普渡三首

普渡

一般人都會這樣經過
生命的某種歷程

或者已經學會跨越
在不容易感受的頻率缺口

眾生

所有的故事將開始延續
在私密的接觸之後

留下的傷疤終會結痂
值得炫耀或者懸掛

有勞

謝謝您的幫忙
在眼神迷失的路上

如果還有能記牢的輪廓
眼淚一定會記得，喚我……

方群截句

物品第六

文房四寶

筆

不敢不想不方便不好意思說的話
就讓你隨性
塗塗，抹抹

墨

想像自己的顏色
是期待之外的晨曦
從夜色背後，走來……

紙

空白　等待
凝結青春歲月的
點　横　豎　撇　捺

硯

端坐窗前，點滴
心血凝聚
研磨一池慧點的波痕靈光

文具三題

修正液

如此白皙的現在
也難以遮掩
歷史的傷疤

鉛筆

輕重濃淡的口味
塗抹著
童年的陰影

尺

倚靠的肩膀

延伸向永恆，眺望

不可能的交會

隨筆三帖

之一　板凳

斜翹二郎腿

閒聊著——

街頭巷尾的往來軼事

之二　煙斗

迷失的破碎煙圈

一陣，吞吞吐吐

那些長吁短嘆的滋味

之三　枴杖

失去老人的熟悉依靠

孤獨明滅的燈火

在搖晃的北風中，涅槃……

民俗四帖

風箏

從我的身軀到你的心底
只是一條如此纖細的
思念距離

跳繩

擺動雙臂，展開
周而復始的追逐
思念一圈圈將我圍繞

方**群**_截**句**

毽子

轉瞬的接觸之後

你翩然離開，繼續

思索下一次相遇的可能

扯鈴

緊緊纏繞的夢想

在此起彼落的驚呼中

迴旋成若即若離的曖昧

家電三寫

之一　冷氣機

舒適享受的沁人冰涼
是我壓榨心血的冷酷

之二　電風扇

搖頭晃腦，卻
無力否定夏天的存在

之三　麥克風

從你嘴巴傳出來的種種

總有更多迴響

家電三題

除濕機

多愁善感的現代某女子
處處隱隱啜泣
時時滴滴落淚

電視機

在螢光幕的有限範圍
你所有的人生想像
就此連線

冷氣機

在脾氣燃燒的大街小巷
我嘔心嚥下怒火
轉身吐出清涼

相機與底片

相機

無法框限的遼夐世界
只能取樣於這一方的
剎那
永恆

底片

那些凝結了的時間，也
凝結了時間的那些

床

之一

用想像丈量
夢的無限邊界

用夢的邊界
評估殘存的想像

之二

翻來或者覆去
面對或是背離

距離與關係
不言可喻

之三

睡不著是痛苦
醒不來是悲哀

在痛苦與悲哀的輪替人間
在昇華與淪喪的地獄天堂

天體三首

星星

那閃亮的眸子
到底是在看誰？

月亮

遙遠而幽暗的臉龐
假裝無瑕的反射

太陽

眸不開的灼熱
是你炯炯的凝視

禮物

1

有一隻眼睛看著，桌上的

怦然

2

一隻手，撫弄揣度著

誠意的份量

3

鼻腔縈繞的
是夢的真實想像

4

包裝精美的時空，裝飾
假裝無償饋贈

5

那些還沒逃跑的霓虹

只是等待天黑

隨身三題

帽子

努力遮掩著
那些不存在的存在

鞋子

相似卻不認同的對頭
比肩　走遍天涯

影子

最捨不得離開的輪廓

還是自己

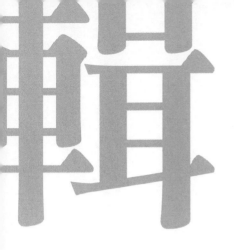

病痛第七

心事四帖

孤單

她無聲走進我的房間
側著者臉問我
冷？還是不冷？

寂寞

有多久沒和我聊天了？
妳悄悄捎來
不導電的問候

傷心

看不見的傷口
與呼吸無關
只是單純的　疼

沉默

緊閉的雙唇
答案就是如此
沒啥好，說——

情緒三首

無聊

我們的語言總是容易擱淺
在瞭望的島嶼之間

寂寞

用一首單調的歌
隨意詠歎青春的顏色

孤單

那些該失去的
始終不可能相逢

愛恨情仇（四首）

愛

純粹的生理反應
不用言語演出

恨

只是不帶感情的
不說與不做

情

喏——

彼此通電而已

仇

始終不曾瞧過

塵埃與霧霾的組合

思念の疾

之一　便祕

堵塞的思念

在進退之間，尷尬

之二　腹瀉

止不住的思念

如決堤宣洩的黃河氾濫……

之三　痔瘡

難以觸碰的思念
是坐立難安的隱匿與不堪

生活四首

涙

在眼底累積的辛酸
才算數

靈魂

貼上出清的標價
就平實許多

實話

速度

生存或者死亡
看誰
快
‧

疾病四題

異位性皮膚炎

換個角度思考
關於存在的尷尬問題

巧克力囊腫

如此甜美的闇黑名字
如此痛苦的美麗掙扎

後天免疫缺乏症候群

與生俱來的莫名愛戀
在靈魂與肉體的間隙滋長

心室閉鎖不全

無法完全想起
每一趟自然迷路的流浪

有恙四則

噴嚏

有些敏感的鼻子
不願經常想你

呵欠

關於愛的操作型定義
只是習慣晚睡

抽筋

緊繃的肌肉神經
孕育我過度的暗戀

過敏

離開這樣的距離
思念便不再抽搐

神・經・痛

神經痛

祢來了也沒用
失敗的救援
顛覆世界

神經

單純的反射,或是
違常的舉動
交叉迷惑的雙瞳

經痛

固定的風暴
頻頻訕笑男人
假裝，可以不懂。

痛

程度不同，反抗
生命的拚搏
用孤獨的語言打動……

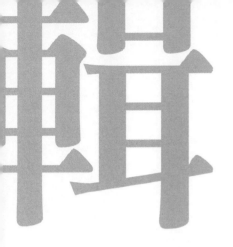

日常第八

囧

一

滑稽的容貌，該如何描摩雷同的尷尬

二

難以準確的音調，流竄喉牙舌齒脣的莫名咀嚼

三

陌生的熟悉命題，在意外的表情糾結之後

四

從狡獪的文字窺視，意象形成的複製與斷裂

瞌睡

之一

清醒的原因
是為了讓別人睡著

之二

隨意的安息狀態
偶然有樂音，竄入……

之三

沉重的眼神
形而下的掙扎與臣服

之四

來了，又走了
每個人都笑著離開

二行詩六首

搖椅

在被容許的安全弧度內
隨意，擺動人生

腳印

所有的忙碌痕跡
在你我眼底匆匆，走過⋯⋯

婚姻

簡單承認——

愛或者不愛的組合與分離

印章

顛倒的姓名

反向證明真實的自己

色盲

繁複的藍綠我無從辨識
簡單的黑白大致能一眼看清

港

有些年輕的風帆急著離開
有些老邁的水手趕著回來

微型詩十首

旅行者

忘了如何流浪
因為還沒開始旅行

酒／話

酒裡的話　假假真真
話裡的酒　真真假假

五月

褪去春的花襯衫
換上夏的薄紗裙

可樂

看不透的心事，是否
樂在其中？

累

還沒躺下
影子就睡了

行

走就對了
左腳還是右腳
只是先後的習慣問題

鞋

型號僅供參考
和他之間的關係
自己知道

波浪

從高處往下看
那是即將墜落的
翻身谷底

教室

無價的知識

各憑良心奉獻

各憑勞力兌換

釘子

敲敲打打之後

我們之間的陌生距離，果然

親密許多

寢事三寫

枕

耳鬢廝磨之後，只有
陣陣共鳴的鼾聲
直到天明

被

在攤開與折疊的間隙
記得我們相擁過
孤寂寒冷的生活

牀

完全託付了一生的疲憊
直到安息

泡妞與把妹

泡妞

要幾度的熱情
才能化開那女子的矜持？

也許要煮沸整片冰洋的野火
冷漠才會溶解

把妹

要如何掌握
剛剛好的完美姿勢？

妳滑溜且易碎的輕薄軀體

真的難以承受

哲思三品

龜兔

不應該挑釁的對手
不可能輸掉的錦標
不必要發生的爭吵

井蛙

這世界——
真的這麼大嗎？
這世界——
真的這麼大吧！

扳機

只是扣下　敲打

至於穿透生命的種種
去問準星槍管和子彈
與我　無關

隨手三帖

引力

懸吊在腹腔的迷你宇宙
是我們相戀的星球

沉思

假裝用力想你
彷彿鬱結千年的便祕

典當

把零碎的心情用歲月包裝
標售你不再心痛的珍藏

五官速寫

眼

如漩渦般捲入，你
沉溺的依戀

鼻

熟悉的匍匐氣味
如蟲蟻隱匿

耳

不曾，共鳴
裸露青春的激情蠢動

口

還是無法下嚥
包裹思念的濃稠言語

眉

把顏色聚攏
瞭望一雙飛翔的海鷗

年輪四首

一

歷經歲月的反覆碾壓

這樣的生活

果然圓滿

二

環繞生命的核心

交替冷熱

刻劃生死的輿圖

三

隱藏的橫切面
以苦難層層打磨
修飾斑駁的沉默邊緣

四

滾動的江湖啊！
是一步步跨越四季的
周而復始

風之五味

陣風

就這樣突然颳起漣漪

你的眼光

隨興來去

信風

所有值得守候的音符

在你記得的時候

複寫青春

龍捲風

以自我為中心
用力旋轉成
讓世界顫抖的狠樣子

焚風

滿臉通紅地翻過山巒
邊跑邊喘著喊：
熱——

微風

好像似乎可能或許應該會有那一絲絲點點的
感
動

作品發表索引

輯一　飲食第一

題名	發表刊物／期別	發表年月
咖啡四帖	中華日報	2009.04.17
	笠（276）	2010.04
午茶三帖	秋水（167）	2016.04
晚餐四式	華文現代詩（9）	2016.05
滷味八種	野薑花（17）	2016.06
小吃四種——兼致詩人	野薑花（18）	2016.09
水果四寫	人間福報	2016.12.09
肉包	聯合報	2016.07.08
筍	大海洋（92）	2016.01
味覺五種	人間福報	2016.10.05
麻辣燙	創世紀（174）	2013.03
爐具三種	人間福報	2014.08.26

輯二　交通第二

輯三　遊歷第三

心肝	聯合報	2013.12.10
組合屋速寫	銀河詩刊（1）	2014.09
	中國時報	2014.11.13
蛇	創世紀（179）	2014.06
龜殼花	葡萄園（208）	2015.11
化石三首	野薑花（16）	2016.03
平凡三寫	笠（313）	2016.06
三界	自由時報	2013.10.13
	創世紀（177）	2013.12
普渡三首	創世紀（188）	2016.09

輯六　物品第六

題名	發表刊物／期別	發表年月
文房四寶	中華日報	2007.12.26
文具三題	創世紀（176）	2013.09
隨筆三帖	人間福報	2008.12.09
民俗四帖	乾坤（58）	2011.04
家電三寫	創世紀（172）	2012.09
	自由時報	2012.10.07
家電三題	海星（12）	2014.06
相機與底片	聯合報	2013.11.08
床	秋水（166）	2016.01
天體三首	葡萄園（201）	2014.02

| 禮物 | 自由時報 | 2016.05.22 |
| 隨身三題 | 秋水（161） | 2014.10 |

輯七　病痛第七

題名	發表刊物／期別	發表年月
心事四帖	中華日報	2013.09.03
	海星（9）	2013.09
情緒三首	創世紀（178）	2014.03
愛恨情仇	人間福報	2014.05.08
	野薑花（9）	2014.06
思念の疾	聯合報	2014.06.13
生活四首	野薑花（9）	2014.06
疾病四題	煉詩刊（1）	2014.11
有恙四則	創世紀（186）	2016.03
	中華日報	2016.04.13
神・經・痛	海星（20）	2016.06

輯八　日常第八

題名	發表刊物／期別	發表年月
囧	乾坤（61）	2012.01

瞌睡	聯合報	2010.10.04
	笠（280）	2010.12
二行詩六首	創世紀（172）	2012.09
微型詩十首	吹鼓吹（15）	2012.09
寢事三寫	中華日報	2014.06.12
	乾坤（71）	2014.07
泡妞與辣妹	海星（13）	2014.09
哲思三品	人間福報	2014.10.14
隨手三帖	華文現代詩（3）	2014.11
五官速寫	中華日報	2015.01.10
	華文現代詩（4）	2015.02
年輪四首	華文現代詩（10）	2016.08
風之五味	人間福報	2016.08.11

臺灣詩學25週年　截句詩系08　PG1921

方群截句

作　　者/方　群
責任編輯/林昕平
圖文排版/莊皓云
封面設計/楊廣榕

發 行 人/宋政坤
法律顧問/毛國樑　律師
出版發行/秀威資訊科技股份有限公司
　　　　114台北市內湖區瑞光路76巷65號1樓
　　　　電話：+886-2-2796-3638　傳真：+886-2-2796-1377
　　　　http://www.showwe.com.tw
劃撥帳號/19563868　戶名：秀威資訊科技股份有限公司
　　　　讀者服務信箱：service@showwe.com.tw
展售門市/國家書店（松江門市）
　　　　104台北市中山區松江路209號1樓
　　　　電話：+886-2-2518-0207　傳真：+886-2-2518-0778
網路訂購/秀威網路書店：http://www.bodbooks.com.tw
　　　　國家網路書店：http://www.govbooks.com.tw

2017年11月　BOD一版
定價：290元
版權所有　翻印必究
本書如有缺頁、破損或裝訂錯誤，請寄回更換

國家圖書館出版品預行編目

方群截句 / 方群著. -- 一版. -- 臺北市 : 秀威
資訊科技, 2017.11
　　面 ;　公分. -- (截句詩系 ; 8)
　BOD版
　ISBN 978-986-326-472-9(平裝)

851.486　　　　　　　　　　106017239

讀 者 回 函 卡

感謝您購買本書，為提升服務品質，請填妥以下資料，將讀者回函卡直接寄
回或傳真本公司，收到您的寶貴意見後，我們會收藏記錄及檢討，謝謝！
如您需要了解本公司最新出版書目、購書優惠或企劃活動，歡迎您上網查詢
或下載相關資料：http:// www.showwe.com.tw

您購買的書名：_____

出生日期：_____年_____月_____日

學歷：□高中 (含) 以下　　□大專　　□研究所 (含) 以上

職業：□製造業　□金融業　□資訊業　□軍警　□傳播業　□自由業

　　　□服務業　□公務員　□教職　　□學生　□家管　□其它_____

購書地點：□網路書店　□實體書店　□書展　□郵購　□贈閱　□其他

您從何得知本書的消息？

　　□網路書店　□實體書店　□網路搜尋　□電子報　□書訊　□雜誌

　　□傳播媒體　□親友推薦　□網站推薦　□部落格　□其他_____

您對本書的評價：(請填代號　1.非常滿意　2.滿意　3.尚可　4.再改進)

　　封面設計____　版面編排____　內容____　文／譯筆____　價格____

讀完書後您覺得：

　　□很有收穫　□有收穫　□收穫不多　□沒收穫

對我們的建議：_____

_____

_____

_____

11466
台北市內湖區瑞光路 76 巷 65 號 1 樓

秀威資訊科技股份有限公司　　　收

BOD 數位出版事業部

....

（請沿線對折寄回，謝謝！）

姓　　名：＿＿＿＿＿＿＿＿＿　年齡：＿＿＿＿　性別：□女　□男

郵遞區號：□□□□□

地　　址：＿＿＿＿＿＿＿＿＿＿＿＿＿＿＿＿＿＿＿＿

聯絡電話：(日)＿＿＿＿＿＿＿＿＿　(夜)＿＿＿＿＿＿＿＿＿

E-mail：＿＿＿＿＿＿＿＿＿＿＿＿＿＿＿＿＿＿＿＿＿